완
현재는 줄이다

완 현재는 줄이다

발행일	2021년 1월 21일

지은이	성완		
펴낸이	손형국		
펴낸곳	(주)북랩		
편집인	선일영	편집	정두철, 윤성아, 최승헌, 배진용, 이예지
디자인	이현수, 김민하, 한수희, 김윤주, 허지혜	제작	박기성, 황동현, 구성우, 권태련
마케팅	김회란, 박진관		
출판등록	2004. 12. 1(제2012-000051호)		
주소	서울특별시 금천구 가산디지털 1로 168, 우림라이온스밸리 B동 B113~114호, C동 B101호		
홈페이지	www.book.co.kr		
전화번호	(02)2026-5777	팩스	(02)2026-5747

ISBN	979-11-6539-595-7 03810 (종이책)	979-11-6539-596-4 05810 (전자책)

(주)북랩 성공출판의 파트너

북랩 홈페이지와 패밀리 사이트에서 다양한 출판 솔루션을 만나 보세요!

홈페이지 book.co.kr • **블로그** blog.naver.com/essaybook • **출판문의** book@book.co.kr

말씀의 시와 수상

완
현재는 줄이다

소녀 세포

성완 글·그림

북랩 book Lab

「…이때라 듣는 자는 살아나리라」
— 요 5:25 —

「그런즉 누구든지 그리스도 안에 있으면 새로운 피조물이라
이전 것은 지나갔으니 보라 새것이 되었도다」
— 고후 5:17 —

머리말

이제 독자님들 앞에 다시 서게 되어 감개무량함을 금할 수
없습니다.

이번에 『현재는 줄이다』를 소개하면서 이제까지 저희 one의
부부가 함께 살아온 행적을 그대로 글에 담아 보았습니다.

우리가 체험한 삶의 행복과 기쁨과 축복과 사랑을 모든 이
들과 함께 공유하고 싶은 간절한 염원뿐입니다.

그러한 소망으로 이 책의 판매 수익금 전부를 다 드리고 다
바쳐서 불우한 모든 이들과 전 세계인에게 아낌없이 바치고
자 합니다.

저의 평생의 소망입니다. 감사합니다.

차 례

완 현재는 줄이다

가나의 혼인잔치

오늘 주님과 가나 혼인잔치에
초대받았네
인생 최대 행복이 결혼이라지만
예수님은 누구보다도 소중하신
우리 인생의 출발이시다
웨딩드레스의 신부보다 더
눈부시고 순결하신 분이시고
행복한 신랑신부보다
우리 행복 자체이신 분이시니
잔칫날엔 세상 고통 다 잊고
최고로 흥겹고 기쁜 날이라네

포도주가 흥을 돋우듯
주님께서 기쁨을 발흥케 하시니
오늘 우리 주님과 함께 누리자
기뻐 뛰며 즐겁게 최고를 누려야 해

주님 손의 빵이 될래요

나 젖먹이이기에
누구를 돕는다는 것도
잘 모릅니다
사랑이란 말도
아직 몰라요
그저 주님 손에 빵이고 싶어요
배고픈 이를 달래주던
오병이어를 아시나요
주님밖에 모르는
난 갓난아이에요
주님 손에 있는
빵이 되고 싶어요

물 위를 걸으라

우리의 길

정확무오하게

오직 한 길

주님과 함께 물 위를 걷는다

믿음 없이는

한 발자욱도 결코 걸을 수 없으리

바라보는 대상도

생각하는 관점도

삶의 목표도

오직 예수님

이탈하면 반드시 빠져 죽으리

어디를 보아도

살 길은 없으리

주님만 똑바로 보고

물 위를 걸어가야 살리라

현재라는 줄

현재라는

줄은

말씀 속으로 들어가

그 안에

안주함이다

"진실로 진실로 너희에게 이르노니
죽은 자들이 하나님의 아들의 음성을
들을 때가 오나니 곧 이 때라
듣는 자는 살아나리라"(요 5:25)

현재는 줄이다

내 청춘의 시제는 이렇게 시작되었다
청년 성례식은 설악산 공룡 능선에서 했다
험산 준령을 오직 한 줄만 붙잡고 올랐다
이 줄은 예수 그리스도를 바라봄의 줄인데
주님은 영원한 시제인 현재이다
과거와 미래를 잇는 화평임을
그 줄을 붙잡고 가면 그게
현재인 것이다

나의 잡고 있는 줄을 소개하자면

첫 번째 예수 그리스도 바라보기

두 번째 부부일심동체

세 번째 의의 줄

네 번째 기쁨

다섯 번째 글쓰기

여섯 번째 소녀

일곱 번째 아기

여덟 번째 재물 얻을 능(돈줄)

아홉 번째 여행

열 번째 소원 누림

이상의 줄을 잡으려면 자나 깨나

앉으나 서나 이 줄을 잘 붙잡아야 된다

현재 1

현재라는 것은
주님의 가나 혼인잔치에서
물이 포도주가 된
순간이
현재라는 것이다

현재를 놓치지 않으려고 1

나는 현재를 가장 중요시하며 그 줄을 붙잡고
놓치지 않으려 한다
내가 말하는 현재는 예수님 안에 있는 것이다
정오의 태양 같으신 주님과 함께 살아있다는
존재감을 가지고 낮이고 밤이고 등불을 켜고
마음은 깨어있어 기쁘기만 하다
어둠에 속하지 않는 빛 가운데 있고
빛은 현재 안에 영원하기 때문이다
현재는 정지하지 않고 미래를 잇고 있다
나는 현재 안에서 달려간다

현현하는 영원한 시간이고 물 흐르듯 계속

진행하며 내일을 약속한다

결코 지체하지 않으며 뒤돌아보지 않는다

난 그 현재의 줄을 붙잡는다

만사가 줄로 연결되어 있다

강물도 줄로 잇고 있으며

기차도 비행기도 줄이 있어 가고

차선이며 도로도 다 줄이다

공부도 현재를 이으면 줄을 잡게 된다

모든 장인, 기능사도 마찬가지이다

현재를 놓치지 않으려고 2

말씀도 줄이 있어서 밤은 밤에게
낮은 낮에게 지식을 전한다고 했다(시 19:1)
가나안 열리고 장벽이 무너진 것도 말씀의
줄로 되었다
여호수아는 주야로 말씀에서 떠나지 않고
말씀을 붙잡고 좌로나 우로나 치우치지
않고 달려갔다
하나님이 언약하신 젖과 꿀이 흐르는 땅에
들어갈 수 있었다
이는 다 말씀에 의해 말씀이 낳은 결과라 하겠다

현재 시제는 말씀과 같이 있는 시간성이고

현재로 하여금 말씀 줄을 붙잡는 유무에

달려있다

하나님과 동행한 에녹은 현재의 줄을 잡고

가장 말씀을 잘 지키므로 죽음을 보지 않고

하늘나라로 들림받았다

아브라함과 함께 역사의 인물들이 다

말씀을 따라갔고 현재 속에서 다 충실하게

살다 간 자들이다

현재를 살아가는 법 1

두 다리와 팔들도 온 몸도 쭉 내뻗고
깊은 잠 속으로 들어갈 수 있었던
그 느낌 그 기분은 마치 수면에 떠오른
물체처럼 평강을 그대로 그림처럼 그려 주었다
평안, 평안, 안식의 참 쉼이 바로
이것이로구나 하고 느낀 것은 큰 감동이요
체험이기도 했다
나는 현재를 철저히 사랑함으로 모든 것을
누리게 되는 일체를 배우게 되었다
꽃이 어떻게 뿌리를 내려 양분을 끌어올리고
마침내 열매를 맺게 되는지,
포도가 어떻게 그처럼 달콤하고 향기로운지,
현재를 누리지 못했을 때는

그저 지나칠 뿐이었는데

이제 모든 것을 지나치지 않고

느리고 완만하게 감미롭게

입 안에서 몸 속 세포 구석구석에

또한 감정 깊숙이 체감하며

기쁘게 누리고 느끼게 해준다

현재는 하늘, 강, 별처럼 흐르고 있는 것 같지만

그것은 우리 곁에 그 느낌, 향기로

체감되며 존재하고 있다

친구처럼 멀리 사라지지도 않고

연인처럼 함께하고 기억되고자 하는 것이다

첫사랑처럼 아름다운 각인이다

그러므로 영원하라 그 아름다움이여!

현재를 살아가는 법 2

내가 소녀라고 믿게 된 그 순간

시간은 내게 멈춰 서 있었다

소녀라는 믿음의 정점이 내게 초침처럼

나를 표시하고 멈춰 있었다

나는 이 확신이 자연스럽게 믿어졌는데

소녀의 시간 멈춤을 표시하는 방향 표시였다

그러므로 시간이 흘러가지만 그 시간 중에

나를 멈추게 하는 부분을 발견한 것은

처음 겪는 일이었다

그때 나는 시간이야말로 흘러가고 있는 것처럼

보이지만 사실은 시간은 정지해있고

내가 흘러가고 있다는 것을 깨달았다

정작 변하고 있고, 달라지고 있는 것

그 흐름에 빠져 뒤좇고 있는 게 나였다는
사실이다
현재를 붙든 자만이 이 흐름을 뒤바꿀 수
있다는 것이다
나는 영원 속에 서게 되었고 오직 변하는 것
모든 것들이 점차 함께 퇴폐되고 변색되고
있다는 것을,
그것들을 본받지 말아야 함을 깨달았다
변하지 않는 것들을 꼭 붙잡아라!
사랑이 그 우선이고, 기쁨도, 평강도,
자유도, 진실도, 의도, 누리는 것도 그렇지만
오직 하나님과 그리스도와 성령님이다

우리 사랑

우리의 사랑은
강릉 순례로 피어난
경포대 사랑
우리의 사랑은
설악산 순례로 피어난
설악 사랑
우리의 사랑은
춘천 순례로 피어난
춘천 사랑

우리의 사랑은 양평 순례로 피어난

양평 사랑

우리의 사랑은 월미도 순례로 피어난

월미도 사랑

우리의 사랑은 파라다이스 순례로 피어난

파라다이스 사랑

사랑과 믿음

사랑은 신뢰하는 믿음 위에

집을 짓지요

사랑한다는 것은

믿고 있다는 것입니다

사랑과 믿음은 언제나 동반자요

믿음은 사랑의 친구이지요

사랑 안에 온전한 믿음이 있고

사랑은 모든 것을 성취할 수 있는

믿음을 소유합니다

믿음으로 구한 바 모든 것을

이루게 합니다

이마

난 한 점 부끄럼 없이 살려고
발버둥 쳤습니다
의의 흰 세마포 입고
하얀 장미를 닮고 싶은
꿈을 밤마다 꾸었습니다
언제나 소녀이고 싶어
가지런히 가리운 이마에
숨기고 싶은 건
주름진 과거였습니다
이제야 밝은 빛 앞에
난 스스럼없이
나에게 위로하며
가슴을 열고 하늘을 우러러보았습니다

처음으로 부끄럼 없이

이마를 열어 보였습니다

수줍던 꽃들도

나무들도

하늘과 강물도 산들도

나에게 달려와

수없이 내 이마에 입맞춤해 주었습니다

소녀야, 소녀야 하고

모두들 기쁨으로 축하해 주었습니다

소녀 세포 1

나는 지금 거울 속 내 모습에 놀랐다
내가 소녀라고 굳게 믿는 믿음줄을
놓치지 않았을 때
내 몸의 세포유전자는 먼먼 창세 적 세포들로
깨어나게 하고 본연의 내 모습인
소녀상으로 꽃을 피워냈다
O.S. 마든의 「성공 법칙」 대로라면
아마도 나의 본래의 모세포를 기억나게 하는
유전자의 일깨움인가 보다
노인의 흰 머리도 검은 머리카락이 난 것처럼
그 옛날 내가 40세였을 땐
난 이 사실을 잘 몰랐지만
그래도 그때에도 항상
소녀처럼 몸도 외모도 가꿨었다

그러나 어느 때부터인가 난 늙기 시작했다

50세가 넘어서 다시 소녀 감각이 살아났나보다

나는 그때부터 소녀라는 실상의 줄을 잡고

계속 나는 소녀가 되고 싶은 소원의 줄을

잡고 달려갔다

무려 20여 년간 소원을 바라보았다

작년 어느 날 소녀라는 믿음과 함께

말씀이 임했다

이는 그 옛날 다락방 시절

의의 믿음이 임한 때와 같았다

그때도 "오직 의인은 믿음으로 살리라"(롬 1:17)

말씀이 임했었다

오늘에서야 나의 참 형상 소녀상을

인식하게 되었다

소녀 세포 2

나의 몸속 세포는 일제히 기립박수를 치며

나를 축하해주었고

나는 소녀의 근원적 모세포에 의해

변모해 있었다

나의 현재의 참모습을 보았고

진정한 내 모습을 볼 수 있었다

앞으로 나의 소녀 세포는 현재에서

나를 잃지 않도록 나를 깨어있게 이끌어 줄 것이다

전에는 내가 유전자를 깨웠다면 지금은 그 반대이다

이제는 참 내가 존재하고 있으므로

언제나 긍정적이고

확신 가운데 우뚝 서 있는 것이다

나의 자랑스러운 모습에 나는 나를 응원해 주었다

나는 비로소 나를 찾았다

나는 내 승리에 보답하기 위해 모든 사람들을 위해

살아야 하리라 결단했다

하나님께 영광 돌리는 삶을 살기로 했다

나의 소녀됨을 소녀라고 표현하지만

참 나의 본래 형상이라 해야 옳다

나는 오직 소녀를 얻기 위해 달려왔지만

찾은 것은 인간의 원형이었다

주님이 나를 위해 흘려주신 보혈의 은총 때문이었다

주님 피가 마를 새 없이 흡수하며 목마르게도 40년을

사모하며 줄기차게 이어왔다

나의 현재는 내 참 존재의 형상을 이루어내기까지

쉬지 않고 믿음의 줄을 잡고 달려가게 했다

『달콤한 소금』 이야기

나는 최근 가장 재미있게 읽은 책 하나
소개하고자 한다
프랑스 인류학자 프랑수아즈 에리리에 작품
『달콤한 소금』인데
간략하게 집약한 일기이다
작가가 어느 초여름에 한 라디오 방송에
초대받아 함께한 자리에서 이와 같이
사회자는 말했다
"청취자 여러분 노트와 펜을 준비하세요.
여러분들도 각자 자기만의 『달콤한 소금』을
써내려가 보세요"
우선 저자의 일기부터 소개해 본다

모차르트, 비틀즈, 아스루루 질베르트 음악을

경건한 마음으로 듣기,

인기 가수들의 콘서트를 보기 위해 하루 만에

스위스 다녀오기,

산딸기 배불리 먹기, 거센 바람 부는 날 해안으로

지나가기,

누군가를 어떻게 하면 기쁘게 해 줄 수 있을까

생각하느라 머리 짜내는 일

맨발로 걷기… 등등

이제부터 나도 저자처럼 따라해 본다

아기들과 눈맞춤하며 아기가 되어 보기

매일 산수화로 산 그리기와 한자 쓰기

피아노로 러브 스토리 꼭 치기

「그대 있음에」, 「목련화」, 「수선화」 가곡 듣기

꽃자수와 바느질하기

잎새들 물그네 태우기, 카페에서 글쓰기,

소원의 옷 입기, 등산 위하여 천 계단 밟기 등등

현재는 강처럼

내가 지금 잡고 있는 줄 하나
가슴 뛰게 하는 현재라는 것이다
나의 현재는 강처럼 흐르고
피곤치 않고 지칠 줄 모르는
나는 100℃ 열혈 소녀
"오직 여호와를 앙망하는 자는
새 힘을 얻으리니"(사 40:31)
말씀대로이다

몸도 눈도 청명한 가을 하늘

점심을 먹고 글을 쓰고 있는데

시처럼 음율 있고

노래처럼 날개달린

글을 썼으면

오늘도 100℃를 유지하기다

주님은 영원한 현재

현재 안에 줄이 있다
공부하다가 공부줄을 잡게 되고
혹자는 돈줄도 잡는다 하는데
나도 물질 얻는 능을 잡았다
천국도 생명줄을 잡아야 갈 수 있다
나는 소녀의 줄도 잡았는데
어느 때부터 매일 소녀가 되는 꿈을 꾸었다
20여년 만에 소원대로 소녀의 믿음을
가질 수 있었다
이는 주님 말씀을 믿으며 기뻐하기를
쉬지 않았기에 가능했다

"믿음의 주요 온전케 하시는 이인
예수를 바라보자"(히 12:2)
말씀대로 매일 바라보았다

현재 2

기쁨 가운데
계속 기뻐하며 살다가
기쁨 강에 이르게 되면
강물과 함께 흐르는
기쁨의 삶이
현재다

나의 현재는?

지금 내가 누리고 있는

시제는

행복한 삶인가

부요하고 만족한 삶인가

기쁨 가득한 삶인가

아름다운 세상을 바라보며

가슴 설레는 날을 맞이하는가

더불어 행복을 공유하고 누리는가

평안히 안식을 누리는 삶인가

몸과 마음이 건강한가

그렇다면

나의 현재는 안녕하시고 건재하다

가슴 속 당신

나는 락의 예수님을

가슴 속 눈물 겹겹이

포개놓은 사이사이에

숨겨놓았지

눈물 한 방울마다 꺼내보며

한숨짓고

또다시 꺼내보았지

그때마다 눈물은 가슴 속에 고이고

깊이 감춰진 보화처럼

시시때때로 꺼내보았지

락은 안녕하셨고

주님은 우리들을 감싸고 계셨지

난 행복을 먹으며
눈물 한 스푼씩 마시면서
힘겹게 버티어내기로 했지
락은 예수님과 함께
내 가슴 속에 있었고
나는 아픔 속에 여물어가고
단단해져갔지

사랑함으로

주님

사랑함으로

존재의 가치를

진정 사랑함으로

그 이름의 의미가 무엇인가를

알고 싶습니다

사랑함으로

모든 이를 존귀의 자리에

사랑할 수 있는 사물에까지

그 의미를 의미되게

하고 싶습니다

사랑의 눈으로 보게 하소서
사랑의 마음 문을 열어 주소서

사랑

사랑은 모든 것을 잃고
모든 것을 얻는 것입니다
사랑은 모든 것을 믿고
모든 것을 맡기는 것입니다
사랑은 참고 잠잠히
기다리는 것입니다
사랑은 나의 것을 포기하는 것입니다
마지막 최후 것까지도
다 포기하는 것입니다
사랑은 모든 것을 포기한 후에야
모든 것을 얻을 수 있는 것입니다

피뿌림 1

나는 "예수 그리스도의 피뿌림을 얻기 위하여
택하심을 입은 자들"(벧전 1:2)의 말씀에 대하여
생각해 보았다
날마다 피뿌리심을 입어야 하는가의 문제였다
주님은 단 한 번에 하나님께 드려진 제물이 되어
온전케 된 자들을 영원히 온전케 하셨다고(히 10:14)
말씀했다
날마다 우리가 피뿌림을 힘입어야 된다는 의미는
구약에 짐승의 피로 날마다 뿌려
거룩케 하는 것과는 다르다
죄를 지을 때마다 매번 짐승을 죽여야 했다
예수님은 단 한 번의 제사로 끝났기 때문이다
우리는 피뿌림을 날마다 받음이 아니고
주님의 피뿌리심으로 단 한 번에 거룩함을 입게 되었다

이는 주님 부활하심으로 영원히 온전케 하셨다고
말씀하고 있다

"주님께서 채찍에 맞음으로 우리가 나음을
얻는 것이다"(사 53:5)

"우리는 자유케 되었고 온전케 된 자들로
부족함이 없는 자들이다.

이후부터는 근신하며 순종의 자식처럼
옛사람의 사욕을 본받지 말고 거룩한 행실로
주님을 본받는 자가 되어야 하는 것이다"(벧전 1:13)

"내가 거룩하니 너희도 거룩할지어다"(벧전 1:16)

말씀한 바와 같이 우리는 주님 피로 깨끗하고
거룩한 자가 되었으니 날마다 의 가운데 거하여
의의 합당한 열매를 맺는 자가 되어야 할 것이다

피뿌림 2

날마다 피뿌림의 은혜를 힘입고
그 가운데서 주님 피를 믿고 시인하며
항상 거룩함을 힘입어야 한다
날마다 육신대로 살면서 구약의 예식처럼
주님 피로 바르기만 하면 된다는 생각은
주님의 십자가를 욕되게 하는 것이다
날마다 주님과 함께 하는 믿음 속에서
주님 보혈의 은혜를 힘입으며 온전하고
거룩한 삶을 살아감으로
예수 그리스도를 날마다 본받는 자 되어
거룩함에 참여하는 참된 삶을
살아야 할 것이다

육체의 생명은 피에 있음이라 1(레 17:11)

피만큼 소중한 것은 없다
피는 곧 생명이기 때문이다
하나님은 우리에게 피를 주셨다
죄를 속하는 것은 오직 피밖에 없었다
우리 생명을 구하기 위해 오직 피 외엔
다른 것으로 대체할 수 없다
피가 곧 생명과 같으므로
하나님이 주신 선물 중 가장 귀하고
보배로운 것이 피이다
우리의 억만 가지 죄를 속하기 위해
독생자를 내어 주셨다

우리 대신 피를 흘리게 하셨는데
오직 피만이 죄를 사할 수 있는데
하나님의 아들 독생자의 피라야
이 지구상의 인간을 구원할 수 있으므로
아낌없이 주님을 내어 주셨다
우리는 그의 피로 구원받았다
주님의 생명, 오직 하나밖에 없는
독생자의 피다
하나님의 사랑을 우리는 깨달아야 한다
이 세상 생명밖에 더 귀한 것이 있으랴
온 세상을 다 얻어도 생명을 잃으면
허사다

육체의 생명은 피에 있음이라 2

피밖에 없다
피는 생명이니까.
주님의 피와 인류의 구원을
바꾼 것이다
주님의 생명으로 우리를 살리신 것이다
우리 죄인들을 살리시려고
고귀한 생명을 하나님께 드리셨으니
주님의 은혜 크고도 크셔라
우리는 날마다 감사드려야 한다
우리를 구원하시려고 피흘리신
주님께 항상 감사하고 그 은혜를
잊지 말아야 한다

주님은 내 생명

나의 살아있는 날이여

나의 생명이여

나의 호흡이여

난 정녕 당신의 생명 속에 뛰는

맥박처럼 여겨집니다

당신의 생명이 곧 나의 생명

당신의 숨결은 곧 나의 숨결이오며

당신의 모습은 정녕

내 안에서 발견되기 때문입니다

다락방

오 주님
주님께서 문 두드리시고 들어오시는
이 다락방
밤빛이 짙고 고요한 시간
오 주님
저는 잊을 수가 없을 것입니다
훗날 세월 속에 흩어진 추억들을
하나하나 구슬로 꿰일 때
이 영롱한 밤빛의 아름다움을
저는 잊을 수가 없을 것입니다

쟈스민 향기가 배어 있는

이 조그만 방

밤하늘의 별을 세어보다가

주님 품 안에 포근히 잠들던

이 아름다운 다락방을

저는 진정 잊을 수가 없을 것입니다

여행

주님과 여행하라

낮을 여행하라

밤을 여행하라

시 속을 여행하라

찬미하며 여행하라

하늘을 여행하라

세계를 여행하라

자연을 여행하라

시간 속에 여행하라

기도 속에 여행하라

산과 숲을 여행하라

도보로 여행하라

인간들을 여행하라

전도로 여행하라

one 가운데 서신 주님

우리 one 가운데 계신

주님은

나로 조그만 아기 되게 하셨어요

우리 one 가운데 계신

주님은

모든 사람을 사랑하게 하셨어요

우리 one 가운데 계신

주님은

나로 온전하고 흠 없게 하셨어요

one(완)일 때

우리가 one이 되면

사랑이 열려요

우리가 one일 때

기쁨이 열려요

우리가 one일 때

천국이 열려요

우리가 one일 때

주님을 모시게 되어요

백합화 사랑

폭풍과 눈보라 속에서도
아련히 피어오르는
백합화 향기로운 우리의 사랑
오랜 아픔을 견디고 탄생한
진주알 같은 우리 사랑
모든 재산 다 팔아 사들인
보화 같은 우리 사랑
이 땅에 이 이상 더 바랄 것도
부러울 것도 없는 우리 사랑
이 마음 중심에 고이고이
접어 간직해둔 우리 사랑
영원히 빼앗기지 않을 우리 사랑
영원토록 빛나리

기쁨 주신 이

주님
기뻐요 마냥 기뻐요
주님 주신 것 모든 것
주님 만드신 것
모든 것이 기쁨입니다
바라보는 것마다 기뻐요
기쁨으로 바라보니까 기쁩니다
주님이 기쁨을 주셨어요

산에 나무들도

들에 핀 꽃들마다 기쁘고

흐르는 강물도 기뻐요

우리가 한마음이므로

기쁨이 더욱 넘치고 넘치네요

아기 기쁨

장미꽃보다 더 고운
아가의 웃음꽃을 보세요
꽃망울 같은 입술에
눈은 갓 핀 물망초 같고
그 숨결은 싱그러운 사과향 같아요

기쁨 시(詩)

나의 시가 기쁨의 꽃으로

활짝 열리면

꽃잎들이 피어나는 소리가 들려요

슬픔이 노크할지라도

슬픔이여 안녕

오직 기쁨만이 나의 현주소

나의 이름도 기쁨이지요

기쁨아! 불러주세요

나의 시는

기쁨의 동산에서 노래하고 싶대요

너를 낮추시고 시험하사 (신 8:16)

높아지고 있는 상태에서

잘 모르지만

낮아질 때에 비로소

잘 알게 되고

배부를 때는

잘 모르던 것도

배고파 보아야

잘 알 수 있고

있을 때 잘해야 하는데

없을 때 후회하게 되는 법

하나님께서

이스라엘을 광야에 버려두신 것은

친히 만나를 먹이시는

아버지이심을 깨닫게 하려 하심이니

시험은 고통이지만 복된 것이니

하나님이 친히 아버지이심을

깨닫게 하려 하심이라

나눔의 축복

주님

사랑을 주는 자의 즐거움

기쁨을 주는 자의 환희

함께 나누는 자의 풍요로움을

누리게 하소서

현재 3

내 마음의 소원을

이어가는 줄

소녀가 되고 싶은 마음은

긴 세월을 이어

마침내

소녀의 마침표를 찍었네

영원한 현재 안의

만년 소녀가 되어

기쁨줄을 이어가고

사랑줄을 이어가고

설레임의 파도는

강이 되어 흐르네

지금도 흘러가고 있네

현재란

현재라는 것은 이를테면 꽉 찬 것과
같다고 하고 싶다
사랑도 그 빛깔이 빨강으로
뜨겁게 타오르는 빛으로 온전히
물들어져야 한다
하루해가 저물 때도 석양의 아름다운
빛으로 물들이고야 저문다
현재는 열매와 같다고 하고 싶다
유종의 미라는 말처럼 현재는
항상 본질의 내용을 꽉 채우고
24시를 메우고야 만다
우리의 삶이 아무 미련 없이

만족함, 충만함, 거룩함, 아름다움을 꽉 채우고 있다면

그건 현재를 참으로 누리며

존재하는 참 존재라 하겠다

아무튼 꽉 메우는 것, 그리고 100℃가

되는 것처럼,

그런 삶이 어떻게 존재할 수 있느냐고 하겠지만

꿈같은 일이 성경에 기록되어 있다는 사실이다

이 현재 안에 달콤한 휴식 같은 안식이란

안락의자에 앉아 흠뻑 누리기라도 하며

하루라도 그렇게

한번 살다 가는 게 어떨까

100°C는 줄이다

"내가 네 행위를 아노니 네가 차지도 아니하고
덥지도 아니하노라. 네가 차든지 덥든지 하기
원하노라"(계 3:15) 말씀하셨다
불가능을 가능케 할 힘은 100°C에서 발휘된다
TV에 100°C 강연이 뜬 때가 있었다
뜨거운 감동이 있기 때문이다
감동을 주려면 100°C의 정열이 필요하다
뜨거운 것이 아니면 시시할 뿐
모든 시작은 100°C에서 시작된다

음식도 100℃에서 조리가 시작된다

남녀 사랑도 100℃에서 비롯된다

100℃는 모든 기점의 시작과 끝이며

또 줄이 된다

기술도 공부도 예술도 도달되는 줄이 있어

숙달되므로 모든 것은 100°의 줄로

연결된다

생명강

수정같이 맑은 생명수

성령의 강

인간이 죄를 범함으로

광야 메마른 땅으로 쫓겨났다

독생자 예수께서 이 땅에 오셔서

광야와 메마른 땅은 기뻐하라

백합화 같이 피어 즐거워하라 하시고

사막의 강이 나게 하셨으니

본래 에덴의 생명강 다시 이어져

흐르게 하셨다

시온의 딸아 노래하고

기뻐하고 즐거워하라(습 3:14)

말씀하셨다

증인

주님이 함께 하심은
저 구름이 증인입니다
저 산봉우리가 증인입니다
주님이 나를 사랑하심은
저 하늘이 말하고 있어요
저 금빛 노을이 가르쳐 줍니다

아기

말씀 앞에서
아기가 돼라
아기 옆에는 엄마가 있는 법
하나님은
아기 위해
모든 것을 마련하시리라
예수님 안에 있는 자는
모두가 아기이므로
하나님은 알아보시고
그를 위해 모든 것을 허락하시리라

숲

산새들은 숲이 좋아
숲에서 사노라네
나도 숲이 좋아 숲으로 가네
숲은 무엇이 좋길래
숲에서 사노
골짜기 흐르는 냇물
열매를 따먹는 짐승들과
어울려 숲에서 산다네

하늘은 지붕 되어 가려주고
함께 어우러져 살아가노라니
외롭지 않다네
추위에도 갈잎이 있어 따뜻하고
태양은 언제나 다정스레 웃고
숲은 마냥 즐거워 행복하다네

있는 자가 되어라

오늘 주님께서 내게 물으신다면
"지금 네 손에 있는 게 무엇이냐"
수가성 여인은
주님께 드릴 냉수 한 그릇 있었지
엘리사 생도 부인은 기름 한 병이 있었고
수넴 여인은 선지자를 모실 방이 있었고
사르밧 과부는 밀가루 한 움큼과 기름이 있었지
모세는 손에 지팡이를 가지고 있었고
마르다는 주님을 대접할 손이 있었고
마리아는 주님 말씀을 사모하는 귀가 있었지

그러나 주님은 땅 속에 묻어둔

1달란트 받은 이에게 말씀하셨다

"있는 자는 더 받겠고 없는 자는

있는 것까지도 빼앗기리라"(눅 19:26)

예쁨이는 소녀

난 틴틴이야
흰장미 티나
나를 흰장미 티나라 불러줘
날마다 사랑하는 이에게 떼를 썼지
나는 흰장미 티나가 되고 싶다고 하면
내 사랑은 말했지
안 돼, 너는 예쁨이 되어라
그리고 춤을 추어야 해
그래야 틴이 될 텐데
나는 아니야 틴이 되고 싶어, 간절해
그이는 내게 예쁨이 되어 놀아라 한다

춤을 추어라 흰장미 틴이 될 거야 한다
그제야 난 안심하고 웃는다
천방지축 못 말리는 난
사랑하는 이의 어린 공주 틴틴

나의 존재의 자각

나의 현재는 존재의 자각에서 실감한다
심호흡하며 마음을 가다듬는다
매사에 집중하고 응시하며
마침표를 찍는다
나를 스스로 응시하며 확인하는
눈동자는 초점을 맞추려 애쓰지만
결코 과녁을 빗나가게 방심하지 않기

나의 평안이여

나의 기쁨이여

나의 즐거움은 항상 현재 속에 풍성하다

어찌 악의 기류가 가까이하랴

온 천지가 빛이요 빛 가운데 있으니

정오의 태양이다

항상 곧게 일정하게 일직선상의

현재라는 레일과 함께 함이여!

그대는 현재

그대는 나의 현재
나는 그대의 현재
우리의 완도 현재
우리들 사랑이 흐르고 있네

강물 되어 흐르고
폭포처럼 흘러내리네

저 멀리 땅끝까지 흘러가라
모든 생명이 서식하도록
우리의 현재 안에서
창일하라

뻠이 대청봉 가다 1

간밤 눈서리에도 목련은 꽃망울을 터뜨리고
얼굴을 갸우뚱 내민다
봄은 은근슬쩍 다가왔다
락은 아내를 꽃처럼 폈다고 꽃뻠이라
부르더니 이젠 활짝 핀 꽃이라고 랑뻠이라
불러댔다
이름대로 그녀는 사랑스러운 꽃으로 피어남
애칭이 붙던 날 그녀는 live해 짐
이제부터 뻠이가 하는 말은
살아 있는 말 그대로 되기
대청봉 가기 전만 해도 그렇지 못했다
뻠이는 높은 산은 올라가보지도 못했는데
대청봉을 가겠노라 감히 선언했다

락은 눈이 휘둥그레져 되묻고 또 묻는다
그녀가 선언하던 날부터 무슨 말이든지
하면 할 수 있다는 말이 되어버렸다
뿜이가 마음먹으면 실행에 옮겼다
'할 수 있어' 하면 할 수 있게 되어버렸다
'안 돼'라는 말은 빼버리기
이제 모든 것이 생동감 있게 전개될 게
분명함
Live 생생 뿜이 파이팅!

뽐이 대청봉 가다 2

대청봉 산행 마지막 코스
마침내 등반 성공! 외쳐대며
뽐이는 숨을 헐떡인다
눈앞에 펼쳐진 대청봉을 올려다본다
앞서 가던 락은 길 한복판에 멈춰서더니
뽐이를 내려다본다
그녀는 V자를 내보였다
뽐이가 용감하게 따라오는 게 신기해 보였다
갑자기 어디선가 바람이 휘몰아치기 시작했다
점점 더 거세지고 위협적으로 덤벼든다
갈고리로 낚아챌 것 같은 기세다
하늘 휘장을 찢는 듯한 휘파람 같은 바람 소리이다
락은 전율하며 주먹을 불끈 쥐었다

둘러보아도 어디 붙잡을 데라고는 한 군데도
안 보인다
뿜이도 등반 절정에 이르러 강적을
만난 기분이다
이곳까지 7시간 대장정의 온몸을
무겁게 짓누르던 피로는 온데간데없다
폭풍 속에서 힘껏 숨을 몰아쉬고 눈을 크게
부릅떴다
"바람아 잠잠하지 못해!"
허공을 향해 외치며 온 몸으로 저항했다
보이지도 잡히지도 않는 불가항력의
괴물은 금방이라도 그녀를 공중으로 들어올릴
기세다

뻠이 대청봉 가다 3

그녀의 작은 몸은 바람에 자꾸만 밀려가는데
갑자기 바람이 양순해졌다
기세가 꺾이기라도 하듯
산은 정상을 도전하는 자들에게
한판 붙자고 대드는데 얼마나 많은 이들이
이 수난을 겪는가
산은 결코 호락호락하지 않다
아무에게나 쉽게 자기 권자를 내주지 않는다
뻠이도 락과 이 산을 오르기까지 얼마나
마음으로 저울질했는지 모른다
그녀가 확신할 때부터 이미 산 정상에
가 있었다

인간의 마음이 이렇게 달라질 수 있을까

갈 수 없다고 생각했더라면 갈 수 없었을

것이다

가능하다고 믿기 시작하는 순간 그것은

이미 이루어진 것이나 다름없었다

불가능은 그녀 앞에 무력해져버렸다

그녀를 가능케 한 것이 무엇일까

그녀는 믿음이 있었다 말씀의 언약을

믿었다

"믿음은 바라는 것들의 실상이요 보지 못하는

것들의 증거이니"(히 11:1)

Live 생생 뿜이 파이팅!

주님

주님은 나의 호흡이시요
주님은 나의 맥박이시네
주님은 나의 생명이야
주님은 내 삶이시고
나의 존재이시다
항상 나의 가슴에 계시고
나의 눈동자 안에
눈물로 고이시네

성애

우리들은 고추따기 성애를 누리네
아담은 어떻게 사랑을 나눴을까
나는 그이에게
그는 나에게 묻는다
별들에게 물어봐
가르쳐 줄까
숲에게 물어봐
말해 줄까
하늘은 멀고
땅은 드넓기만 한데
아마 꽃들은 노래불러 주었을 거야

바람결 따라
강물처럼 사랑은 흘렀겠지
자연과 우리 모두 함께
사랑으로 노래한다
모두 함께 춤추면서

보혈

피가 흐르네
주님 피가
나의 가슴에
눈물 되어 고이네
피뿌림 은혜가 내리네
계속 흘러내리네
주님 피인가
눈물인가
흐르라 흘러가라
강물 되어 바다로 흘러가렴
모든 만물이 서식하고
죽은 자가 살아나게

강물이 계속 흐를 때에

기쁨이 왜 눈물이었는지

이제야 깨달았네

강이 나기까지

계속 이대로 흐르고 싶네

젖먹이의 권능

"주의 대적을 인하여 어린아이와 젖먹이의
입으로 말미암아 권능을 세우심이여"(시 8:2)
하나님과 우리의 관계를 생각해 보면
부모와 아이의 관계 같이
아이는 의존도가 가장 높다는 것
젖먹이는 엄마 없이 살 수도 없고
가장 근접해 있어야 하며
절대 보호가 필요하다
하나님과 나의 관계도 이와 같이
나는 젖먹이 상태로서
하나님을 의지하여 살 수밖에 없고
한순간도 떠나서는 살아갈 수 없는
불가분의 관계다

우리가 하나님만 바라고 의지하는
상태에서 관계를 갖기 원하신다
내가 할 수 있는 것은 아무 것도 없고
오직 젖먹이와 같다
주님 안에서만 나의 존재의 가능성을
느낄 뿐이다
하나님은 이런 관계를 원하신다
골리앗을 물리친 어린 다윗처럼

무한대

○

십의 구를 드리려 힘쓰면

제로에 가까운

무한대로 가는 길이 보인다

○를 체험해본 자는

체험이 많을수록

무한대를 배우기 쉽다

하나님은 숫자의 하나님이시다

무한대의 비밀을 알게 하시는

무에서 유를 낳으시는

절대자이시다

믿음과 무의 개념

수락산을 지나가고 있다
락의 태어난 산이다
가진 것이 없는 그들이지만
락과 쁨이는 다 가진 자처럼 행동했다
없는 것에 대해 이제는 중요하지 않게
여기고 있다
천지창조 때에 유에서 시작된 것이
아님을 믿는다
없는 것을 있는 것같이 무르시는
하나님이심을
아브라함이 믿은 것처럼
그들도 믿었다
현재 보이는 것보다 '없는 것'이
중요하고 그것을 중요시하는 것을 배운다

백지장에 어떻게 그림을 채워 놓는가는

오직 백지장만이 가능하다

유를 낳는 것도 무에서 시작되기 때문이다

무에서 유, 그것이 언제라도 순서이다

그래서 무는 긍정적이며 무한한 가능성의

여백이며

창조의 노래요 그 향기다

락과 쁨이는 그것을 알게 되어

가진 게 없다는 것이 풍성한 가능성을 믿는 토대임을

알고 기뻐하기 시작했다

없는 자가 아니요 언제나 있는 자요

풍성한 자라고 믿고 그림을 구상하고 있다

꿈과 이상을 여백에 가득 그려보며

가득 채워질 그날을 꿈꾸면서

오늘도 그들만의 무의 땅을 밟고 있다

생각과 마음의 일체

생각과 마음은 영원한 친구이고
마음은 생각의 연인 같아서
생각을 엉뚱하게 먹으면
마음은 안 기뻐하고 심하면 상처를
입게 된다
그들의 언어는 같은 기호로 사용한다
서로 알아듣는 언어로 통용하고
아무도 알아듣지 못하게 해야 한다
에덴동산의 방식이다
그러나 하와는 다른 소리에 반응하고
호기심에 빠져 바람처럼 살랑대는 언어에
반응하기 시작했고 홀리고 매료되어
마귀 권유에 이끌리고 마침내

탐욕의 열매를 따먹고 말았다
생각과 마음의 이완이 시작되는
시점이 되었다
오늘날도 생각의 바람을 일으키는
회오리처럼 요동하는 홀림에 빠져서는
안 된다
언제나 마음의 소리에 귀 기울이고
하나님의 말씀을 따라야 한다

현재를 살아가는 법 3

블루베리 짬이 듬뿍 든 부드러운 식빵 한쪽을
맛있게 먹으며 커피와 함께 누리는 이 시간이
나의 좋은 현재다
다시 펜을 잡고 글을 쓰고 누리는 현재의
타이밍의 절묘한 조화를 이루어 내며
즐기고 또 즐기면서 누린다
먹는 것과 글 쓰는 것과 관계를 생각해 본다
도대체 어떻게 상통되고 있나
포도 한 알의 맛과 글 한 줄이 기쁨 속에서
만나고 있다
빵과 닭가슴살의 맛도 조화롭다
배를 채워주고 혀를 감미롭게 하니
글이 잘 나올 수밖에 더 있겠는가

오히려 책이 가득한 도서관에서 글이
쏟아져야 하는데 호흡소리만 들릴 정도로
조용한 공간에서 글은 감춰 버리고
지금 왁자지껄 먹으며 음악소리 가득한
이곳에서 음식을 즐기면서 글을 쓰니
펜은 계속 내 머릿속에서부터 이끌리어
글을 뽑아내고 있다
나의 뇌, 마음, 빵, 커피, 닭, 포도,
볼펜, 내 손, 내 호흡, 맥박, 내 몸의 흔들림,
내 감정,
모두가 현재와 일반으로 존재하고 있다
그러므로 현재를 놓치지 않고 매 순간마다
그 시제를 느끼고 벗어나지 않고자 한다

현재를 살아가는 법 4

시간은 계속 흐르고 위로 역류하는 법이 없고
강도 흘러가고 계절도 흐르고 꽃이 피고 지는 것도
쉼없이 현재 속에서 살아 숨쉰다
나는 현재가 좋은 것이 모두 살아 숨쉬고
있다는 것에 기쁨을 갖는다
잠자는 것이 비현재적이지 않음은
하루를 기쁘게 보내고 충실히 지낸 후의
안식은 보람이고 당연히 휴식을 누리게 되므로
잠은 휴식의 방편으로서의 현재이다
그것은 내일을 연장해주는 좋은 원동력이고
보약이요 자양분이다

* * *

깊은 밤 자정이 넘은 짙은 밤에

락은 지리산 자락을 오르고

잠시 후면 노고단에 도착해

새벽 3시에 개방될 산으로 진입하게 된다

나는 그를 따라가지 못했지만 같은 시각에

글을 쓰며 그이와 함께 보조를 맞추게 되니

이 역시 글의 정상을 오름과 같다

한밤 속을 뚫고 오르는 우리 두 정상

하나는 지리산 정상이요

나는 글의 정상을 향해 질주하고 있다

이 깊은 밤에

현재 4

현재는

점이다

줄이다

중재자다

노력이다

누림이다

평안이다

안식이다

호흡이다

즐거움이다

길이다

예수 그리스도이다
영생을 갖고 누리는 자의 것이다

사랑동이

락

당신은 내게

요 며칠 사이만 해도

수십 번 뽀뽀하셨죠

난 아기처럼이나 버거워

고개를 흔들어대지요

그런 나를 더 귀여워하며

발까지도 얼굴에 대어 비비지요

그렇게 예쁨을 받아야

나는 자라고

내 영은 무럭무럭 자라요

행복 속에 푹 젖어버려

행복도 잊고 살지요

사랑을 먹고 살면

더 면역력이 높아져야 하는데

난 점점 더 어려져

새순처럼 여리디 여린

갓난아기처럼 되어 가네요

참 존재

존재가 존재되게 하는 삶은
영원한 시제 속의 삶이다
식물인간이 참 존재가 아니듯이
소멸되어 가는 것 비생산적인 것 등을 존재라
하지 않는다
존재란 창의적이고 영원성이며 역동적이고
진보적이고 점진적으로 나아감이다
존재는 영원한 시제 속에서 숨쉬고 있는 것이다
창조주 안에 영원한 시제가 있다
처음과 나중이 여일하게 존재해 우리를 이끌어
가고 있다
이 영원한 시제야말로 예수 그리스도이다

창세 전부터 하나님과 함께 계시다가

인간에게 내려오셔서 인간을 하나님께 접목시켜

존재의 시제를 이어 주신 주님

우리를 참 존재되게 하시려고 십자가를 지셨다

주님으로 말미암아 죽었던 몸이 살아났고

영원한 생명을 얻게 되었고

주님의 시제 안에 참 존재가 된 것이다

이세상은 어둠이므로 주님의 인도를 받아

참 삶을 누리도록 인도하고 계시다

우리는 비로소 참 존재가 되어

주님 안에서 누리므로 영존하게 된다

섬기는 자

으뜸 되기 원하는 자는
마음속에 허한 구석이 있나보다
속이 꽉 찬 사람은
고개 숙인 벼와 같다
빈 수레는 요란한 법
으뜸 되려는 사람은
욕심이 있어서 대접받아도
더 받으려고만 한다
섬기는 자는
계속 베풀고도 더 주고 싶어
그저 즐겁고 감사할 뿐이다

사랑의 고백

백합 같이 향기롭고 감미롭게 여겨졌다

그 아름답고 소중한 시간 속에서

진정한 살아있는 부활의 감동을 체험해 보았다

우리는 왜 무디어지는 걸까

예수님의 부활은 나를 진정한 내가 되게 한다

락의 순수성이 한 떨기 아이리스꽃처럼

풀숲에서 갑자기 피어난 듯 놀랍고

난 감격어린 흰 장미처럼 숲에서 깨어난다

우린 깨어나기 위해 부활의 음성을 들어야 한다

락은 그 가운데서 중대한 메시지를 남겼다

우리가 혹독히 훈련받고 연단받은 것은
우리로 하여금 예수님 부활이 우리 부활이
되게 하심이었다고
우리는 지금 부활에 참여할 수 있게 되었다고
그는 힘 있게 여러 번 강조해 말했다
나는 그 말씀을 붙잡고 믿음을 굳게 했다
난 그날 순례 가운데 부활의 은혜를
지금 음미하고 있다

몸의 구주(엡 5:23)

사람은 태어나서 자기 짝인 갈비뼈를

찾기로 되어있다

여자는 남자의 갈비뼈로 만들어졌다고

성경에 말씀하고 있다

한 남자가 성장하여 혼기가 되면

자기 갈비뼈인 배우자가 기다리고 있으리라

그 여자를 찾아야 한다

자기 갈비뼈를

어려운 일이지만 꼭 찾아야 한다

인연이 있으면 만나기 마련이다

나의 남편도 제대 앞두고

미래의 아내가 될 여인과 산을 넘고

강을 넘어 여행하는 환상을 보았노라 했다

그의 꿈꾼 대로 우리는 만났고 오랜 세월

지구 네 바퀴 반을 돌만큼이나 여행을 다녔다

남편과 결혼한 지 40여 년 되었고

이제야 그가 나의 몸의 구주이고

나는 그의 갈비뼈임을 깨달았다

벽에 걸린 사진들 속 나의 남편이

나를 위해 준비된 왕자님이라니

놀랍기만 하다

그래서인지 몰라도 나는 오랫동안

신부수업을 했나보다

새 술은 새 부대에

주일예배를 드리기 위해 준비기도를
시작할 때였다
오늘 기도가 새로워졌다
지금 막 새 옷으로 단장한 것같이
새롭게 느껴졌는데
지금 마시는 공기도 어제 것이 아니다
어제는 흘러갔고 새 날이 아닌가
오늘은 거룩한 주일을 맞이한 기분이다
이렇듯 새 날이 기쁘고 즐거운데
하나님께서도 나의 새로운 모습과
새 마음으로 드리는 예배를 원하신다는
것을 깨달았다

항상 새로운 것으로 드려야 한다고
이제부터 기쁨으로 드리고 감사함으로
드려야겠다고 깊이깊이 마음에 새겼다
항상 현재를 소중히 여기고 현재의 줄을 잡고
새 마음을 드려야 함을 깨달았다
하룻밤 사이 먼먼 과거 속에 길을 헤매다
온 것처럼 오늘 예배드릴 직전에
깨달은 것이다
하나님 앞에 회개하며 깊이깊이
유념하면서 예배에 임했다

국가관

국가의 주인이 백성이라고

입으로 받드는 척하고

부정과 부패로

만행을 저질러 왔다

엄연히 국가의 주인은

국민임이 명백하다

시대마다 청년들의 봉기가

쉬지 않고 일어나 뜨거운 열정으로

결국 국민들에게 주권을

돌려주고

함부로 할 수 없는 위치로 되돌려놓곤 했다

정의의 눈들이 별빛처럼 살아있어

갖가지 속임수로 기만해 보지만

결국 나라 주인은 국민이요

시들지 않고 쇠하지 않는

정의로운 청년들이다

오늘 시제를 파악하라

하루하루를 바쁜 일과 속에 무심코 살아간다
우리는 현재 시제를 파악하고 분별해야 한다
시간도 환불해야 한다
주님의 부활로
사막 같이 메마른 땅에 살아가는 우리는
불가능한 것들로 꽉 차 있고 숨쉴 공간도 없다
2000년 전에 오신 예수 그리스도를 바라보자
주님은 우리의 새로운 시제가 되신다
우리 위해 십자가 지시고 부활하셨다
죄 많은 인생들을 위해 피를 뿌리셨다
사막 같은 땅에 아름다운 백합화로 만발한
동산을 이루셨다

병들고 찢긴 상처투성이인 인간들을 어루만지시고
굶주림에서 놓여나게 하셨다
주님은 그때 이래 한 번도 우리를 떠나시지 않고
지금도 살아 역사하시어
우리의 시제인 공간과 환경 속에 살아
숨쉬고 계신다
우리의 땅은 그때 이래 주님 서 계신
부활의 땅이다
부활도 살아 호흡하시는 주님을 호흡하세요
주님 피를 우리에게 나눠주시고 굶주리고
지친 우리에게 자기 몸인 떡을 떼어
먹이신다
우리는 마음의 눈을 뜨고 받아먹어야
산다
주님이 도우심으로 불가능이 없다
소원대로 되리라 믿는다

기도의 중심이 바뀌던 날

자정이 넘은 시각
나의 기도는 소망 없는 애절한 호소로
시작되었다
하나님의 자비하시고 인자하심이
나타나심으로
나의 기도의 중심이 바뀌고 있었다
독생자 예수님을 이 땅에 보내심은
하나님의 사랑의 극치요
예수님 안에 우리의 바라는 모든 응답과
소원을 허락해 놓으셨으니
하나님의 인자와 긍휼을 확증케 하심을
깨닫게 하심으로

나의 애절한 기도는 이제

응답의 감사함으로 바뀌고 있었다

하나님의 크신 사랑을 깨달았다

오직 인자하심과 선하심을 바랄지어다

감사함으로 바랄지어다 아멘

바라는 바 실상 되시는 주님을 누려라

믿음의 주가 되신 주님

완성자이신 주님

우리의 바라는 실상이 되어 주시고

여호와이레가 되신 주님

다 허락해 주셨으므로

예만 되신 주님을

바라보기에만 그치지 말고

실제로 누려라

주신 것을 믿고

실상을 보고 누려라

누리는 것은 기쁨으로 실행하는 것이다

즐겁게 노래하고
믿음에서 믿음으로 진행함이다
소원하던 것은 반드시 이루어지리라

나는 스스로 있는 자라

하나님께서

어느 날

나는 스스로 있는 자라

말씀하셨네

그 메아리에 놀라

별들도 나는 스스로 있노라 따라했네

산들도 외치더니

나무도 꽃들도 새들마저 따라했네

세상 사람들도 제 잘나서

나는 스스로 있는 자라 이구동성 말했네

몸도 심장도 피도 스스로 있노라

말했네

뇌도 생각과 사상도 스스로

있노라 외쳤네

하나님께서 땅으로 내려오서서

모두를 위해 죽으셨다가

사흘 만에 살아나셨네

그 후부터 하나님은 홀로

한 분밖에 없는 분이시라는 것을

증명하셨네

모두들 고개숙여

아멘으로 화답하였네

주님 것은 나의 것 1

나는 남편과 살면서 신뢰에 관하여

그동안 그를 잘 믿고 살았다고 자부해왔는데

그건 감정 편에서였다

나의 이성 아니 그보다 정확히 내 안의

'의'가 그를 믿어준 것이 아니었다

그런데 이번만은 달랐다 정확하게

나의 의가 그를 믿어 주고 진리가 믿음을

심어준 것이다

완벽했다

한 호리도 내 감정이나 무분별함이 섞이지 않았다

우리는 얼마나 서로를 알고 인정해주는가

서로의 간격은 조그만 오차에도 오해가 얽혀져

많은 것들을 쓸어버리고 폐허로 만들기도 한다

아무것도 새어 들어오지 않는 잘 메워진

안식의 보금자리에서 행복은 보장된다

난 비로소 남편에게서 주님을 발견하고

그가 지금 인왕산을 오르고 있고

나는 커피숍으로 올라가는 계단에서

행복한 찰나의 순간을 맛보고 있다

호주머니 속에 있는 내 손이 남편의 손, 아니

주님 손을 꼭 잡고 기뻐하며 웃음꽃 핀

얼굴로 카페로 향하고 있었다

난 행운아야, 주님 손이 이렇게 따뜻하다니!

주님 것은 나의 것 2

지금 나를 꼭 붙잡고 계시고
나 역시 꼭 붙잡고 있으니
나에게는 주님의 부, 지혜, 힘, 영광,
모든 게 나의 것이야
주님의 것 모두가 나의 것이니 나는
얼마나 행복한 자인가
이 세상에 무엇이 부러울 것이 있는가
생각하니 생각할수록 신비스럽다
주님 나로 인해 찬양을 받으시옵소서
영광을 받으시기에 합당하신 분이시여
나의 하나님께 감사드립니다

주님은 내 기쁨

예수님은 내 기쁨
생명 주신 이가 주님이시라
예수님은 내 기쁨
응답 주신 이가 주님이시라
예수님은 내 기쁨
축복 주신 이가 주님이시라

주님 음성

주님께서
내가 너를 사랑하노라 말씀하실 때
나의 마음은 녹아내리고
모든 더러운 찌끼는 제하여졌어요
내가 너를 사랑하노라 말씀하실 때
이 마음에 평강이 임하였고
새 힘이 솟아났어요

주님 형상

모든 사람에게 주님 형상이 있어요

모든 사람들을 주님 형상으로

대하게 해주세요

모든 사람들을 주님으로 바라보고

가난한 이에게서 주님을

병든 자에게서 주님을

어린아이에게서 주님을

모든 이들을 주님으로 섬기게 하셔요

샤론의 수선화

향기로운 수선화이고 싶어요

하얀 백합화 속에 숨고 싶어요

주님 모시고 선 꽃들처럼요

꽃들은 향기밖에 지닌 것이 없어요

아름다움 외에 갖고 있는 게 없어요

나도 주님 모시오니

꽃들처럼 기뻐하고

수선화 향기 속에 뛰놀지요

주님 한분밖에

주님 한분밖에
저는 아무것도 몰라요
주님 이름 외에
저는 아무것도 몰라요
주님 말씀밖에
저는 아무것도 몰라요
주님 사랑 외에
저는 아무것도 몰라요
주님 외에는
아무것도 아는 것이 없어요

그대는 나의 수선화

그대여
나는 그대를 가장 가까이
곁에 두고도 누구인지 몰라
안타까워만 했을까요
그대는 어릴 때엔
산을 노래하더니
장성한 날엔
바위를 노래합니다
나무를 예뻐하더니
이젠 낙엽을 예뻐합니다
아름다운 꽃들보다
이름 모를 들꽃을 그리도
예뻐하는지요

그대는 바로

나의 산과 같고

나의 별과 같습니다

그대는 이제

나의 사모하는 수선화이십니다

나의 모든 꽃들이 흠모하는

수선화이십니다

주님밖에는

주님밖에 모르기를 원합니다
주님만 원하옵고
주님만 바라보오며
주님만 생각할래요
오직 주님 한분 외에는
모르게 해 주세요

주님을 바라보라

예수 그리스도께서 일어서셨습니다

우리 안에 일어서셨습니다

주님을 바라보세요

주님을 바라보셔요

이제 일어서신 그분을 바라보세요

모든 이를 온전케 하시려고

우리 안에 이제 일어서셨습니다

온 땅에 빛이 비추었어요

우리 가운데 영광 나타내시려고

일어서셨습니다

하나님의 영광이 우리에게 임하셨습니다

우리에게 의의 빛을 비추시려고

영광으로 임하셨습니다

영광스러운 주님 모습 바라보세요

기뻐하며 바라보세요

화초

태양을 머금은 화초야

화사한 연록의 빛 너울 속에

너의 얼굴은 기쁨을 감출 수 없어

늘 푸른 친구야

태양을 보내시는

하나님의 포근한 손길 아래

녹색의 잔치를 벌이는

나의 기쁨 화원에서

춤추는 친구야

하나님은 우리들의 봄을

준비하시기에 바쁘시단다

파수꾼

사랑의 한마음을 지키는

나는 파수꾼

우리의 한마음으로

하늘문 열려 생명강 흐르게 하리라

모든 물고기들도 서식할 수 있도록

한마음 지키면

하늘문은 열리리라

밤이 맞도록

우리의 사랑을 지키기에

피곤치 않으리라

이 밤도 두 손 들고

한마음 지키는 나는

사랑의 파수꾼

one의 사랑

태초 에덴이 열릴 때
에덴에는 생명강이 흘렀대요
강가에는 무수한 보화가
빛나고 있었대요
비손강의 호마노는
사랑으로 일류지요
바라보기만 해도 기쁨이 넘쳐
환희의 빛나는 꽃들도
다 감탄하지요

완의 한마음 생명강은

다시 흘러요

한마음 강에 숨겨진 보석을

보면 황홀한 사랑에

단번에 빠져버려요

아름다움

아름다움은 숨을 수도

감출 수도 없는 것

태양빛 같고

향기로운 꽃 냄새 같아라

아름다움은 내게도 사랑하는 그이에게도

일찍이 없었으며

창조주 손의 감춰짐 가운데서

드러났네

아름다움이 더욱 아름다워져

바라보고 더 바라봄 속으로

빠져들어가네

수락산

그이와 나의 수락산에 왔다
비에 흠뻑 적셔진 나무들이
우리를 반기며 근원의 빛으로
반짝인다
보혈에 적셔진 우리 마음처럼
흐뭇한 느낌은
태고 적부터 예비되어
지금 예 있어
우리들 속에 간직된 영원한
사랑과 만난다
이름도 예쁜 수락산
우리들 수락산아

주신 이가 여호와시라

주 예수를 주신 이가 여호와이시라

예수 안에 전부를 주셨네

구원을 베푸신 이가 여호와이시라

예수는 우리의 구원 되셨네

찬송을 주신 이가 여호와시라

예수는 우리의 찬송 되셨네

감사를 주신 이가 여호와시라

예수는 우리의 감사가 되셨네

축복을 주신 이가 여호와시라

예수는 우리의 축복이 되셨네

상급을 주신 이가 여호와시라

예수는 우리의 상급 되셨네

의를 주신 이가 여호와시라

예수는 우리의 의가 되셨네

어린아이

어른들은 오히려 주님의 인도를 받고
부축을 받으며 살아간다
주님께서 앞서 가시면서 우리도
따라오게 하시고 길을 잃지 않도록 보호하신다
인간의 죄로 인해 성숙의 과정은 정반대가 되었다
아이가 되면 될수록 아예
젖먹이가 되어 보라
에스겔 말씀 중에 물이 발목에
있을 때 우린 어른이었다 그러나 허리까지 차고
가슴까지 차면 불가항력의 상태는
곧 어린아이 상태에 이르게 된다

그때는 어린아이가 천방지축으로 뛰면서

제 갈 길로 간다 해도 그의 원하는 바를

멸시치 않으신다

어린아이는 이제 소원의 항구에 도달되었기 때문이다

이제부터 그의 원하는 삶으로

살게 하신다

오히려 주님께서 갓난아이를 돌보시며

그의 뒤를 따라오시는 것이다

이 얼마나 안전지대인가

"주의 대적을 인하여 어린아이와 젖먹이

입으로 말미암아 권능을 세우심이여"(시 8:2)

아가서에서 내 마음 멈췄섰네

나는 성경을 읽어 내려가다가
아가서에서 멈췄섰네
내 눈은 여기서 한 발자국도
나가지 못하고 사로잡혀 있네
한 번도 맡아보지 못한 이름모를
꽃향기가 마음을 사로잡고 있네
왜 그러는 걸까
도무지 알지 못하는 그 향기에
마음은 끌리고 끌리었네

예수님 옷자락일까

천사의 홀을 붙들었나

아가서에 사로잡혀 있네

이름 모를 사랑의 묘약에 취해 있네

주님의 사랑임에 틀림없었네

완전하라 1

완전 점검 테스트의 대상이 있고

사람도 마찬가지다

하나님께서도 자기 백성들을 점검하신다

믿음의 조상 아브라함 역시 점검하시고자

그의 나이 99세 때에 나타나서서

"나는 전능한 하나님이라 너는 내 앞에서 행하여

완전하라"(창 17:1)

하나님의 백성은 누구나 예외 없이

반드시 점검하시는데 그것은 '완전'이라는

명제이다

하나님은 권능자이시고 완전하시기 때문에 자기 자녀

역시 완전하기를 원하신다

(마 5:48)에서도

"그러므로 하늘에 계신 너희 아버지의 온전하심과
같이 너희도 온전하라" 말씀하셨다
다윗 역시 완전하기 위해 힘썼음을 고백하고 있다
예수께서 우리에게 가르쳐 주신 계명 중에는
마음과 뜻과 목숨을 다해 하나님을 사랑하라
가르쳐 주셨다
이는 완전하게 행하여 하나님을 섬기고 받들라는
명령이다
우리가 완전히 행할 수 있는가
인간은 결코 완전하지는 못하다
하나님이 요구하시는 '완전'은 하나님을
전적 의지하고 믿고 순종하는 것을 말씀하신다
우리는 힘으로 능으로 할 수 없는 것이 많다
그러나 하나님을 믿고 성령의 도우심을 의지하면
반드시 불가능을 가능케 할 수 있다

완전하라 2

그러므로 '완전'이란 하나님 앞에
믿음을 보이는 것이며
이 믿음은 바랄 수 없는 것까지도
말씀을 굳게 믿고 의지함을 의미한다
사람이 의롭게 됨은 행위로가 아니고
오직 믿음으로 의롭게 되는 것이다
그러므로 '완전'이란 하나님께 인정받은
'의'에 이르는 것이다
우리는 하나님을 전적 의지하고 모든 것을 맡기고
의지할 때 모든 불가능한 것을 가능케 할 수 있다
그러므로 모든 것을 믿는 자를 의인으로
완전하다고 하는 것이다 그러므로 믿음이 중요하다
'완전'이란 하나님 말씀을 전적 믿고 지키는 것이다

다윗은 (시 26:1)에서 하나님 말씀을 지키어

완전하게 행했다고 고백하고 있다

말씀을 믿는 것은 그 자체 실상을 이룬 것과 같다

(히 11:1)에서도 믿음은 바라는 것들의 실상이라고

말씀한 것도 바로 이 때문이다

반드시 믿음으로 말씀을 믿고 그 실상을

보이는 것이 완전한 믿음의 사람이요

온전한 사람이다

이와 같이 완전한 사람은 하나님 자녀답게

믿음으로 행하는 자이다

은혜 볼 것을 믿었도다(시 27:13~14)

예수 그리스도 이 세상에 오시지 않은 시대임에도
다윗은 자신이 '산 자의 땅'에 있다고 고백하고 있다
산 자의 땅에서 은혜 볼 것을 믿었다고 과거형으로
고백하고 있다 이는 믿음의 강한 긍정을
엿볼 수 있다
그가 믿고 있는 말씀이야말로 생명 자체이고
생명력을 내포하고 있으므로 자기가 믿는
하나님은 죽은 자의 하나님이 아니고
살아 역사하시는 하나님이시므로 자기가 믿는
하나님 안에서 살아 숨쉬는 땅에 있음을
긍정적으로 강력하게 시인하고 있다

그의 믿음은 살아 숨쉬는 생명력 있는 믿음임을
알 수 있고 하나님의 언약의 말씀이 그의 심장에서
살아 숨쉬고 있음을 안다
우리는 하나님을 두려운 분으로 알고
거리감을 갖기 마련이다
하나님은 인간의 연약함을 아시고 2000년 전에
예수 그리스도를 이 땅에 보내셔서 우리 위해
십자가를 지게 하셨다
우리는 예수님 등에 업혀 하늘의 산 자의 땅에
이르렀다
우리는 예수 그리스도 안에서 새로운 피조물로서
산 자의 땅 위에 서 있다

우리의 시제는 죄악의 땅이 아닌 새로운 땅인

완료의 시제에 서 있다

우리의 시간은 부활이다

살아 움직이는 생명의 시간이다

주님 모신 아름다운 백합화 만발한 새 땅이다

이곳은 기쁨만 있고 슬픔과 탄식은

달아나리로다의 땅이다(사 35:10)

이곳이 바로 생명의 현주소요 살아 숨쉬는 땅이다

고레스 1

하나님은 수많은 사람 가운데 한 사람을
택하시듯 이스라엘을 택하시어 믿음의
선조가 되게 하셨다
오늘 본문 고레스 역시 하나님께서 기름 부어
세운 이방인 중 한 사람이다
그를 열방을 다스릴 왕 중의 왕이 되게 하셨다
이는 선민사상을 버리게 하는 대목으로
하나님은 온 세상을 주관하시는 만왕의 왕이시고
창조주이심을 알리시고 계시다
하나님은 택하시기도 하시고 버리시기도 하시는
주권자요 지존자이시다
고레스는 오실 메시아의 표상이다
그는 만국을 다스릴 왕으로 권세와 능력을
겸비한 자이다

흑암속의 재물, 감춰진 보물을 하나님께

부여받은 자이다

철장 권세를 받은 자로 천하무적의

사람이었다

하나님께서 장차 세상에 나타날 의의

사람을 대표하는 사람으로 그는

바로 의로 일으킴을 받은 사람인 것이다

말세지말에 하나님께서 세우실 사람의 표상으로

그리스도의 온전한 형상을 갖춘 자들의 표상으로

우리에게 나타내 주고 있는

인물이다

고레스 2

우리가 그리스도로 인해 보혈로 사함받고
의롭게 되어 온전케 되는 사람들의 표본으로
하나님께서 거울로 보여주시는 인물로서
최고의 샘플이다

소원의 옷 1

나는 갑자기 거울에 비친 내 모습을 보자
놀랐다 나의 스타일과 내 얼굴이 동시에
한눈에 들어왔는데 놀라운 깨달음의 순간이었다
내게 딱 어울리고 마음에 드는 옷이
가장 예쁘게 보인다고 믿어질 만큼 만족한
좋은 옷을 입는 게 중요한지는 이제껏 몰랐다
그저 내 취향 따라 입는다는 정도였고
중대한 의미가 있음을 깨닫지 못했다
그런데 오늘 화장실에서 거울에 잠깐
비춰진 내 모습은 일촉즉발의 아니 일별의
순간 속에서 이제껏 몰랐던
미의 원형이라고나 할까 나의 참 모습인 전형적
나의 모습을 본 것이다

핵의 원점을 발견하고 순간 놀라고 또 놀랐다
태양은 가장 자신을 똑바로 보여주는
정오가 있다
인간은 마음 중심에 있는 소원이 포인트로
찍혀 있고
남녀는 두 사람이 한눈에 반하는 순간이
있는 법이다

소원의 옷 2

나는 가장 좋아하는 스타일로 또 잘 어울리는
옷으로 입었을 때 마음의 소원의 초점이
모아지고 그 포인트에 나의 감성, 나의 지성이
총망라하여 나의 마음과 육체의 가관들,
신경계, 세포들을 결집시켜 한 점 핵이 되어
큰 에너지를 생성케 되어 가장 신비로운
모습으로 아름답게 만들어 놓는 것이다
나의 온 영과 육과 마음 등 모든 것을 동원하여
축제를 열어 가장 흥취 있게 최고의
효과를 창출해 내고 마음도 영혼도 기쁨에
떨게 만드는 것이다
온갖 지성은 최극점에 가 있듯이 가장
신선한 것으로 이룩해 놓는 것이다

그래서 소원은 중요한 것이다

옷을 소원대로 입어야 함은 이 때문인 것이다

가장 마음에 들게 아름다운 조화로 잘 어울리게

입어야 이런 신비한 체험을 하게 된다

어느 일본 사진작가가 눈꽃 모양의 물의 원형을

다각도로 촬영해 놓은 책을 보았다

물도 가장 만족했을 때 그 핵의 원형은 놀랍도록

형형작태로 변형되며 미적 성취를 발현했다

사람도 그렇고 모든 만물도 고유한 자기 형상의

미가 있어서 햇빛과 물과 공기 속에서 본연의

아름다움을 천태만상 나타내 주고 있다

설악산이 그토록 아름다운 것은 그곳의 환경조건이

그 존재 이유를 적나라하게 특출한 형태로

산들을 가꾸어 주기 때문이다

존재는 존재되게 스스로를 잘 갖추어지도록

조화롭게 되어야 하리라 믿는다

소원의 옷 3

옷도 내 영혼을 담는 그릇임을 알았다

나는 오늘 옷을 잘 조화롭게 아름답다

생각하는 것으로 입으므로 나의 원형의 미를

표출해내었고 나 스스로를 놀라움에

빠뜨렸다

아름다운 인간 원형의 본 모습을 사진 한 컷으로

남기고 내 영상에 깊이 간직해

기념하기로 했다

빛에 이르다 1

나는 어느 날 내 안에 빛이 이르러 빛이
되어 있었음을 깨달았다
그리고 자기가 이미 소녀임에도 훗날
그것도 몇십 년 후에야 자신을 발견했으니
사람은 철들어야 알듯 자각은 더딘 법이다
나는 빛 속에 있었고 그 빛 가운데 다녔다
빛은 나의 현재였고 생존방식이었고
자가용 같은 거였다
나는 소원대로 어디든지 무엇이든지 가능함을
알았다 빛은 내가 붙잡은 줄이었고
가장 튼튼한 완벽 자체였다
나는 그동안 이 좋은 자가용을 놔두고
어렵게 다녔을까

항상 말씀이 먼저이다

태초에 말씀이 계셔서 세상이 창조되었다

"보이는 것이 나타난 것으로 된 것이 아니다"(히 11:2)

소원이 먼저다 실상은 따라오는 법

그러므로 꿈을 꾸어라

꿈꾸지 않는 자는 고달픈 인생을 살아야 한다

나는 항상 소원이 먼저라고 우선적으로

삶의 순서를 정해놓았다

빛에 이르다 2

소원하면 그대로 실천하는 소원의 삶이었다
아무것도 없어도 있는 것처럼
그렇게 소녀처럼 삶을 살았고 황혼이 되어서
비로소 소녀가 되었음을 알게 되었는데
과연 나의 몸속의 유전자는 늙은 세포를
갓난아기의 것으로 교체시킨 것이다
내가 믿은 바 그대로가 바로 그것이 되었다
달과 6펜스 주인공도 얼마나 소원대로
살려 했나 모든 것을 다 잃기까지도
나는 소원을 누리면서도
빛에 이르게 된 것이다

금과 같은 존재

"나의 가는 길을 오직 그가 아시나니
그가 나를 단련하신 후에는 내가 정금같이
나오리라"(욥 23:10)
나는 진정한 부가 노력으로만 오는 게
아님을 깨달았다 자기가 금과 같은 존재가
되었을 때 부가 먼저이고 그 실체는 나중임을
발견할 수 있었다
욥도 고난 속에서 체험하게 되었는데
자신의 부가 다 사라진 다음에 비로소
그는 지혜를 얻게 되었는데 그게 바로
부임을 깨달았다
결코 가시적인 부가 아님을 알았다
그는 빈털터리, 거지가 된 후에 진정한 부를
깨닫게 된 것이다

이제껏 볼 수 없었던 실체가 보이기 시작했다

노숙자여, 꿈꾸어라!

아스팔트 맨바닥에서도 꿈을 잃지 말고

붙들라, 부는 차디찬 맨 바닥에도 깔려 있다

나 역시 나의 글이 언제 잘 써질까

숙련공처럼 될까 생각해 보았다

주님은 말씀하셨다

"네가 금이다"라고 속삭이실 때 섬광처럼

자신 안에 있는 부를 발견할 수 있었다

이제 모든 것은 철들 무렵 열리고

주어진다는 것을 깨달았다

철들기 전엔 부디 눈이 가리어져 있을 게

마땅하다고 생각해 보았다

현재 5

현재는

시를 낳고 또 낳으며

시가 되어가고

멀고 먼

낯선 땅도 익숙케 하는 힘

정착하면 흔들림 없는 반석

마침내 자유로운 비상으로

어디든지

언제라도

끝없어라

남북통일

우리의 소원

곧 나의 소원은

통일

백두산 산상봉엔

태극기가 휘날리네

그리운 금강산 노래는

우리의 가슴을 적셔주는

눈물의 강이 되었네

이제 금강산을 올라가자

일만이천 봉우리

백두대간을 잇는다

나의 소원은

하나님의 뜻이니

소원을 이루는 이는

우리 주 예수 그리스도이시다

통일은 이제

우리의 현재가 되었다

이루어져 있다

아아!

통일이여

우리의 소원이여

드디어 이루어지이다

나의 소유격되신 주님 1

"아브라함아 두려워 말라 나는 너의 방패요
너의 지극히 큰 상급이니라"(창 15:1)
하나님께서 어느 날 아브라함에게 나타나셔서
자신이 그의 방패와 큰 상급이 되어 주시겠다고
말씀하셨는데 이는 자신을 낮추셔서
소유격으로 지칭하셨다
이는 장차 오실 메시아이신 우리 주께서
십자가에 어린양의 제물이 되어 자신을 내어주시며
비천하게 드리심을 나타내심이다
이로써 주님은 우리 소원의 모든 소유격이
되어 주신 것이다
주님은 우리 위해 징계받으시고 채찍에 맞음으로
우리는 나음을 입고 평화를 누리게 된 것이다

어린양의 제물이 되심은 우리의 전부가 되신 것이다

다윗도 본문과 같이

"내 의의 하나님이시여"(시 4:1)라고

하나님께서 자기의 의가 되어주셨음을

소유격으로 지칭하고 있다

그는 하나님께서 자기의 의가 되어주셨음을

믿음으로 말하고 있다

장차 오실 예수 그리스도께서 우리 위해

십자가 지시고 부활하심으로 우리에게 의를

입혀 주실 것을 예표하고 있다

다윗은 자기의 원하는 것을 모두 허락해주시는

하나님이심을 굳게 믿었고

나의 소유격되신 주님 2

시편 전편의 말씀 속에서 모든 것을
자기 소유격으로 의인화하여 하나님 상급과 축복을
전부 누리고 있음을 알 수 있다
다윗은 그의 권세뿐 아니라 왕의 부요를
누린 자 중 으뜸가는 존재이다
그는 말씀의 언약 안에 거함으로 확실한
언약의 증거를 가지고 있었고 하나님 보좌의
기초가 되는 의의 말씀을 마음 중심에 두고 있었다
의의 주님을 만난 바 되었으므로
"내 의의 하나님이시요"라고 고백하는 믿음이 있었다
그는 예수님이 오시기 전에 이미
의의 사람이었음을 알 수 있다

주님은 이 땅에 오셔서 우리의 모든 것을

위해 십자가 져 주셨고 어린양의 제물이 되시므로

우리 위해 내어주신 바 된 자체인

상급이 되어주신 것이다

오늘 우리는 외칠 수 있다

나의 상되신 주님

나의 은혜되신 주님

나의 평강되신 주님

나의 축복되신 주님

나의 건강되신 주님

주님은 나의 all 되신 주님이십니다

정의 1

역사는 정의에 의해 명맥을 이으며

거슬림 없이 흘러왔다

역사를 주관하는 자의 원칙이 있어

어느 누구도 그 법과 규율에서 제외됨이 없다

창조주의 다스리심은 정의로써

인간을 움직이고 역사를 구현케 한다

역사의 배경은 그 시대마다 정의로운

인간에 의해 시대와 시대를 조율하며

흐르는 물처럼 지금까지 이끌어 가고 있다

어느 시대 어느 나라이건 그 시대 요청에 따라

반드시 주관자의 뜻은 정의에 의해 관철되고 있다

정의만큼 강한 확신과 능동적 power가

따로 없다 그러므로 이 세상은 정의로운 자에 의해

그 질서가 유지되고 발전되어 왔다

하늘의 뜻이 있어 정의의 맥은 이어지고
지금까지 유효하다
시대마다 정의로운 자가 출현되고
악을 무너뜨리며 반드시 승리를 이루기 마련이다
실례로 이순신 장군이야말로 그의 가슴에
나라사랑과 정의를 지니고 있어
임진왜란의 승패여부는 이미 판결이 나 있었고
그 자신도 승리의 확신을 가지고 있었다
그의 긍정의 힘이 바로 정의로운 마음이며
그의 애국심이 바로 정의이며

정의 2

오늘까지도 그 정의의 줄은 끊어지지 않고
이어오고 있다
정의는 곧 진리이기 때문이다
도산 안창호 선생도 "정의는 반드시
이루는 날이 있다"고 말했다
예수 그리스도는 정의의 실현자이시요 곧
진리이시다
예수님을 모신 자 그는 정의의 실현을
구축해 놓은 자요
그가 소원하는 것마다 이루어 낼 것이요
승리의 깃발은 그의 머리 위에
펄럭이고 있다

오늘의 정의의 기수는 누구인가

잘 먹는 법 1

이 땅에서는 예나 지금이나 호구지책이
중대사안이다
이스라엘 백성이 광야에서 모세를 향해
외친 것도 바로 이 때문이다
장발장도 배가 고프니까 당장 배고픔을
해결하려고 빵을 훔쳤다
나도 지금 글을 쓰다가 포도 한 알을
씹으면서 잠시 생각에 잠겨 본다
이제껏 먹어오던 포도인데 오늘 먹는
이 포도는 마치 처음 맛보는 것처럼
새롭다 포도 맛이 이랬던가 그 맛의
풍미는 오묘하고 향기 또한 독특했다
계절이 바뀔 때마다 매번 새롭게
여겨지는 것은 왜일까

입으로 우물거리고 삼킬 때 그 즙이
목구멍을 적셔 새 맛을 더해 주는데
왜 감회가 남다른가 음미해 본다
한 알씩 먹으면 좋으련만 급하게
마구 먹어대기만 하는 급한 마음은
무엇일까
욕심의 시작은 급한 마음과 못 참는
마음의 시작이요
이 모든 것에서 인간의 전쟁이 비롯되었으리라

잘 먹는 법 2

한 알 한 알 음미하며 그 향기에 감격한 마음,

오래오래 간직하면서 먹는다면

여유롭고, 기쁨과 감사함이 축적되어

마음은 천국을 이루고 풍요로움에 젖어

보다 많은 것을 생각해 볼 수 있다

창의적 생각과 멋스러운 예술적 감각도

고상한 품격과 사랑의 충만도 이루어내지 않을까

모든 만사가 먹는 데서 시작되고

거기서 기인되는 희로애락의 다반사를

새삼 느끼지 않을 수 없다

잘못 먹어 병들고 죽는다

지혜롭지 못한 삶이다

먹는 법을 다시 배우고 거기서 인생수업의

교양을 다시 쌓고 인격을 갖추어야 함을

깨닫는다

하와가 먹는 것으로 죄를 지었으니

죄의 시작도 끝도 결국 먹는 일로 끝난다

다시 포도 한 알을 입에 넣어

그 맛을 느끼며 그 즙 속의 향을 심취해보며

오래오래 음미해 본다

쉬지 않고 일하시는 하나님

이제 남편과 나의 벽이 한 호리도 없다
락, 나의 남편이 나인가 내가 락인가
할 정도다
우리는 밤만도 아니고 낮에도 함께 안고
있어야 한다
그래서 우리의 밀어는 터뜨려 준다는 말이다
언제 어디서든지 터뜨려 줄거야 하면
우리 입엔 웃음이 가득해지고 온 몸도 마음도
기쁨에 젖어든다

내일 일을 염려하지 말라(마 6:34)

내일 일을 아는 자처럼

오늘 일을 염려하는 것은

나의 할 일이 아니다

내일 일은 오직

하나님만이 아시는 일

아무도 내일 일을 아는 자 없다

오늘을 잘 지내고

가장 행복한 자이면

하나님의 손길 안에

자라가는 백합화 같은 사람이다

금강석 같게 하리라

너의 이마에 입맞춤하려 하나
수줍은 듯 가리웠구나
아가야
이제 이마를 보여주렴
내 입술로
너의 이마 화강석 같게
금강석 같게 하리라
너는 강하고 담대하여라

아가야
너의 심장에도 입맞춤하리라
철장보다 더 강한 심장을 주리라
내가 너의 주 하나님을 알게 하리라

당신이 임하실 때는

당신의 음성이 들리지 않는다 해도
가까이 오는 소리에 당신인 줄은
나의 껍질은 어느새 타들어가고
마음 벽을 뚫고 촛밀처럼
나를 녹일 때
오 너 눈물이여 흐르는 강 되어
이 마음 흘러넘치누나
나 오랜 밤을
당신과 함께 지새우리이다

새벽에 오시는 주님

새벽을 거닐며
오시는 주님
나의 밤 새벽을 위해 준비되었네
나 이제 일어나 심호흡으로
사랑의 내 주님을 영접합니다
이슬로 내려주신
주님의 은혜

이 내 마음 이슬 머금은

백합꽃 되어 피어나리이다

은혜의 말씀을 내리어 주시려고

빛나는 햇빛으로 오시는 주여

추워서 떨고 있는 이 죄인에게

따뜻한 사랑으로 비추어 주소서

주님은 나의 피난처

내 영혼이 피할 곳이 없을 때

주님 당신은 저의 유일한

피난처가 되셨어요

원수에게서 피하여 당신의 옷자락 속에

얼굴을 감추었어요

두려움은 사라지고 내 영혼을 감싸는

안식을 맛보았어요

주님 쉼을 얻은 나의 마음은

기뻐 외쳤어요

주님 은혜 감사합니다

그대가 행복

그대 나의 행복이여

당신의 숲속에 갇혀

더 이상 하늘을 오르고 싶지 않는

당신의 노래가 되어

깃을 폄이여

빛난 샘가에 날아와 앉아

더럽혀진 나래 비추어 보며

두 손 모아 당신 향해 비오며

우러러 그대 사모함이여

나 그대 안에
그대는 내 안에
영원히 거하소서

내 마음 보좌

주여

내 마음 깊은 곳 중심 보좌에

앉으신 이여

나의 장막을 침입하는 자 누구옵니까

주여

나 요동치 않게 하소서

나의 안식을 깨뜨리는 자 누구옵니까

당신의 침묵 속에 깊이 감춰진 처소

그 보좌에 앉히신 이여

평강이 있을지어다 하옵소서

나는 주님의 아기

나의 주님

제 이름 불러주세요

나의 아기야

나의 어린양아 라고요

나의 주님

나의 이마에 입맞춤해주세요

나의 입은 당신만 찬양하도록

나의 귀는 당신 음성만 들을 수 있도록

나의 심장은 당신만 사랑하여

애타도록 해 주세요

영원토록 당신과 대화하는 즐거움을

갖도록

저의 온몸과 마음에 비춰주세요

주님은 나의 아름다운 꽃향기

주님은 나의 찬송 속에 붉은 장미꽃으로

피어나시고

내 사랑 연가 속에 분홍 카네이션으로

피어나옵소서

내 시련 속에 피어나는 한 떨기

수선화 되소서

이 마음 설레도록 우아한 난꽃으로

피어나시고

아기꽃처럼 귀여운 방울꽃으로 피어나시고

이 마음 터질 듯 기쁨의 함박꽃으로

피어나옵시고

아름답고 고귀한 황후처럼

튜립꽃으로 피소서

나의 왕이시여

늠름한 군자란으로 피어나옵시며

나의 갈급함을 사모의 정으로 애태우는

붉은 칸나꽃으로 피소서

희디흰 칼라의 순결의 빛으로

주님의 빛나는 발등상 위에 피소서

이 마음 감사함으로 눈물 흘리나이다

당신의 눈빛 속에

나의 눈빛은 당신을 닮고 싶어요

싱그러운 과일 내음처럼

신선하게 밝히시옵소서

당신의 눈빛 속에 나를 담고

나의 얼굴이 적셔지기 원하옵고

그 눈빛 속에 조용히 묵상하기 원합니다

당신의 눈빛은 저 하늘을 닮았나요

저 하늘보다 더 푸르고

더 맑고 깊고 그윽하고

아름다와요

풀 한 포기

하나님께서 만드신

나뭇잎 하나 풀잎 하나

수많은 꽃잎들마다

주님의 손길이 어려 있기에

주님의 사랑이 어려 있기에

귀하고 소중합니다

저 풀들은 싱싱한 향기로

푸르른 빛으로

하나님을 찬양합니다

그 목숨 스러지기까지

하나님을 기쁘시게 합니다

푸른 초원의 식구들은

모두 주님을 찬양하는

나의 친구들입니다

풀 한 포기도 소중하거든

주님은 우리를 얼마나 사랑하실까요

고독

내가 쓴 고독을

사랑하옴은

당신의 손이

내 위에 머무르시기 때문입니다

당신의 영원 속에

내 주여

이제 당신의 영원 속에서 살렵니다

영원을 잇닿는 길목에 서서

당신의 영광을 바라보며

당신 안으로 들어가려 애쓰나이다

순간순간 당신의 문전에서

당신의 문고리를 부여잡고

나의 시간들을 당신의 시간에다 밧줄을

동여매고

나의 날들을 당신의 새 날의 옷으로

갈아입고

나의 물질, 사색, 가정, 시, 모든 것들을

당신 것들로 환산하는 법을 익히겠습니다

나의 왕 나의 사랑이시여

나의 모든 것 당신께 있나이다

나의 소유, 나의 모든 것도 다 포기된 것

이대로 오직 당신만의 것으로

삼으소서

당신도 나의 안에 계시옵고

내 안에서 당신의 세계만 존재하나이다

당신의 것 모두가 나의 것이

되게 하시옵소서

진리가 너희를 자유케 하리라 1

나 진정 자유하는 날
큰 독수리 날개를 힘입고
원하는 곳 안전한 땅으로
날아가리라
오직 진리만이 내 안의
큰 날개이러니
오늘도 기쁨으로
말씀을 먹고 힘을 내
날갯짓해본다

힘으로 능으로 할 수 없느니라(슥 4:6)

주의 권능이 임하시면

그 날에 힘차게 날으리

참으로 나 자유하리라

하나님의 비밀이신 그리스도 1

성경의 중심은 예수 그리스도이시요

예수 그리스도의 중심은 십자가이다 그 십자가의

결실인 부활의 열매가 오늘에 이르게 된 것이다

예수 그리스도는 하나님의 비밀이다

열쇠를 가지신 이에 의해 열면 닫을 자 없고

닫으면 열 자가 없으리라(계 3:7)

다윗에게 맡기신 그 열쇠의 주인이신

예수 그리스도는

오늘 그 열쇠를 맡긴 자들을 통하여

세상을 움직이시고 있다

감춰진 보화가 가득한 창고는 은밀하게

성경 안에 존재하고 있다

천국은 침노하는 자의 것이라 말씀하고 있다

우리는 주님을 만나지 못하면 깨닫지 못한다

"나를 간절히 찾는 자가 만날 수 있다"(잠 8:17)고

하셨다

또 "부귀가 내게 있고 장구한 재물과 의도

그러하니라"(잠 8:18)

"나는 의로운 길로 행하며 공평한 길 가운데로

다니나니 이는 나를 사랑하는 자로 재물을 얻어서

그 곳간에 채우게 하려 함이니라"(잠 8:21) 하셨다

주님을 만나면 된다

주님을 만나려면 주님 다니시는 길목에 서서

기다려야 한다

주님은 의로운 길로 행하고 공평한 길 가운데로

다니신다 하셨으니 누가 의로운 자가 되고

누가 공평한 자가 되어

주님을 만나게 될까

하나님의 비밀이신 그리스도 2

그는 바로 주님의 십자가 지심과
부활하심을 믿어 의롭게 된 자며 또한
그 의의 결실을 맺어 주님을 모신 자 되어
주님을 만난 바 된 자가
모든 비밀을 알게 되어 열쇠를
가지고 열어 곳간으로 인도하는 자가
되는 것이다

지금 나는 자유하다

자유에 대한 말씀은 늘 나를 안주하지
못하게 했다
나는 자유하지 못했고 항상 자유에
대한 갈망이 있었고 의문을 남겼다
나는 불완전한 존재감으로 전전긍긍했다
'의'의 말씀을 믿어 의롭다함 받은 후
자유함을 갖게 된 것은 사실이다
믿음 안에 있을 때만 자유함을 느꼈고
늘 불완전함을 느꼈다
그러므로 항상 '의' 가운데 살려고
말씀을 붙잡고 40여 년간 믿음 안에서
자유를 유지하려 힘썼다

'의' 가운데는 세상을 다 준대도 바꿀 수 없는
기쁨이 있었다 평안함이 있었다
'의'는 나의 소중한 생명줄이었다
죄가 나를 주장할 수 없었고 어떤 염려,
그것이 물질이든, 병이든, 사람이든,
죽음이라도 나를 끌어내릴 수 없었다
그럼에도 아직도 자유하지 못함은
무엇일까
그것은 내가 알지 못하고 있는 것,
어떤 알지 못하는 막연한 그 무엇의
틈새를 알게 되었다 항상 이물질이
그 구멍으로 새어들어와 어떤 불안의
알지 못하는 것 정체의 어둠을 늘 의식해 왔다

내 안의 적 1

나를 속이고 있는 적은 내 마음 안에
들어와 나의 친구인 척 가장한다
적과 싸워 이기기 위해서는 나인 척
가장한 자와 한판 승부를 붙고 나서야
싸움이 끝난다
어느 곳에서도 찾아보기 힘든 적이다
적이 두려운 것이 아니라
두려운 것은 나를 가장하고 숨어있는
적이다
언제나 궁극적으로 자기 자신과의 싸움에서
적의 정체가 드러난다
적은 나에게서 언제나 무력했다
나는 어느 상대이건 적을 무시해 버린다

예를 들어 병이라고 해도 그것을
비웃어버린다
언제나 나와 관련을 맺으려 덤비는
병을 무시해버리고 삼켜버린다
자기 내부로 끌고 와서
무력화시켜버리기 때문이다
하나님께서는 적을 이기는 방법을
가르치시고 지도해 오셨다
적이 두려운 것이라기보다 내부의
두려운 마음 자체가 적임을 똑똑히
보아왔다

내 안의 적 2

불가능하게 보이는 것들이 두려운 것이 아니라

할 수 없다고 주저앉을 때 그때부터가

문제가 되기 시작했다

의구심보다도 무기력함에 빠지게

될 것이기 때문이다

적은 강한 것이 아니지만 나 스스로

무릎을 꿇을 때 적은 고개를 쳐들 것이다

적은 모습을 드러내고 기승을 부리고

덮칠 기세로 다가올 것이다

나는 내부로 파고드는 적을 향해

반짝거리는 두 눈으로 맞서고 주시할 것이다

나는 항상 자기를 부추기고 끊임없이

긍정의 힘을 기울여 노력한다

"긍정은 내 안의 있는 믿음의
버튼이야!"

Live 생생 뿜이

꿈꾸는 자여 실상을 바라보라 1

하나님께서 아브라함에게 눈을 들어
동서남북을 바라보라고 하셨다
아브라함이 바라본 것은 세상의 모든 것을
바라봄과 같다
모든 것이 가능하게 열려져 있음은
주님이 세상에 오셔서 우리 위해 모든 것을
다 열어 놓으심과 같다
아브라함 자손 야곱도 얼룩 양 낳는 실상을
바라보았다
오늘 우리도 바라보아야 산다
"믿음의 주요 온전케 하시는 이인 예수를
바라보자"(히 12:2) 말씀하고 있다
바라본다는 것은 꿈을 갖는 것이고
소원을 이루기를 바라는 것이다

오늘날 사람들은 바라보지 않고

살아간다

자신의 힘이나 의지력으로 살아가려고 한다

그러나 갈수록 살기 어려운 세상임을 안다

꿈꾸고 사는 자는 위대하다

꿈은 반드시 이루어진다는 말이 진리이므로

상용어가 되었다

우리는 꿈을 가지고 살아야 한다

주님을 바라보라고(히 12:2)

말씀하신 것은 주님 안에 모든 것이

이루어져 있기 때문이다

주님은 우리 소원의 실상이 되셨기

때문이다

꿈꾸는 자여 실상을 바라보라 2

아브라함이 모리아산 수풀에 걸린 양은

주님의 예표이다

우리 여호와이레가 되신 주님이시다

하나님은 우리에게 주시기를 좋아하시는 분이시다

독생자까지 내어주심은 다 주신 것이다

그 이상 무엇을 더 못 주실까

하나님의 사랑에 감사드린다

"믿음은 바라는 것들의 실상"(히 11:1)

주님이 바로 그 실상이 되어주셨다

주님은 믿음의 주가 되시고 실상도 되어주신 분임을

나타내주고 있다

이 세상 모든 것이 다 가능하게 열려있다

주님을 모시기만 하면 된다

이 세상 마련해 놓으신 것 하나하나마다
찾아 누려야 한다
소원의 실상 되신 주님을 매일 바라보고
오늘도 풍성하게 누리고 또 누리며
살아야 한다

진리가 너희를 자유케 하리라 2

나 진정 자유하는 날
큰 독수리 날개를 힘입고
원하는 곳 안전한 땅으로
날아가리라
오직 진리만이 내 안의
큰 날개이러니
오늘도 기쁨으로
말씀을 먹고 힘을 내
날갯짓해본다

"힘으로 능으로 할 수 없느니라"(슥 4:6) 하시지만
주의 권능이 임하시면
그날에 힘차게 날으리
참으로 나 자유하리라

오직 나의 의인은 믿음으로 살리라 1

내가 나를 안다는 말은 어불성설이다
나의 무엇을 안다는 것일까
내 안에 말씀이 거할 때에야 비로소
나는 인식을 바로 하게 되며 존재의 자각을
갖게 된다
오직 진리가 나로 하여금 존재되게 한다
어느 한 순간도 평안할 수도 없고 제대로
판단도 할 수 없는 삶을 산 때가 있었고
매사 불분명한 채로 살아온 적이 있었다
사람을 사랑하고 진심으로 대하는 순간만은
나다웠다고 할 수 있었다 그건 행복 자체요
진실 자체이기 때문이다

어느 날 주님 말씀이 내 안에 거하게 되어

나는 비로소 확실함 가운데 거하는

기쁨을 맛볼 수 있었다

그때부터 항상 말씀을 묵상하기를 쉬지 않고

말씀을 사모하며 살기를 즐거워했다

오랜 세월은 근 40여 년간인데

말씀 가운데 "오직 의인은

믿음으로 말미암아 살리라"(롬 1:17)의 말씀

그 말씀만큼 귀한 말씀은 다시 내게 없었으므로

그 의를 힘입고자 늘 소가 되새김질하듯

40여 년을 믿음의 줄을 잡았다

그 후 성경 말씀이 열리기 시작했는데

과연 의는 하나님 보좌의 기초라 하신

말씀대로였다

오직 나의 의인은 믿음으로 살리라 2

의의 말씀은 궁극적으로 기본이 되는 말씀이었다
그토록 오래 간직해온 말씀이
어느 날 잊어버리게 된 듯 망망한 순간을
맞이했을 때 기절할 것만 같았는데
주님은 그 '의'의 말씀의 실체이신
자신의 임재를 내게 나타내 보이셨다
'의'의 또 다른 변신으로 의의 실체는
바로 주님 자신이심을 내게 보여주셨다
나는 '의'를 잃지 않았는가 놀랐는데
그것은 '의'의 말씀을 보다 완전케
하시고자 하심이었음을 깨달았고
남편과 내가 하나됨의 완전함 속에서
이루어진 결실로서 주님이 함께하심을
나타내주셨던 것이다

이제 주님이 우리 안에 내주하시며
의의 말씀뿐만 아니라 성경의 말씀의 보화들이
살아 빛나기 시작함으로 진리의 완전하고
보배로우심을 체험했다 나는 비로소 내 존재의
참 자각을 갖게 되고 비로소 나는 자유로워지는
자신을 발견할 수 있었다
내가 자유할 때 내 존재는 참 빛을 발하고
전에 내가 발 디디고 있던 곳이 얼마나 불완전하고
감금된 상태에 방치되어 있었음을 확인할 수 있었다
이제 자유함으로 나는 새처럼 기뻐하게
되었고 주님의 임재를 모신 새로운 세계요
말씀 전부가 살아 숨쉬는 땅인
산 말씀의 완전한 곳에 서있게 된 것이다

역사관

역사는 문명의 발자취라 말하지만
인간의 의지력 시험대이고
정의로운 쟁투와도 같다
생사화복과 희로애락의 찬란한 꽃을
피우고 지기를 반복한다
그것은 끝없이 달려가고 정지하지 않는다
꾸불꾸불해 보여도 정의롭고 곧다
보이지 않는 줄이 있어 팽팽하지도
느슨하지도 않은 게 만유인력처럼
서로 맞물려 있다

누가 역사를 거스르며

누가 빠르게 혹은 늦출 수가 있는가

오직 창조주의 손에 의해

우주 천체와 관계를 맺어

끈끈이 이어간다